DIFFERENTES PIECES

DE POESIE.

Par M. BOUDART.

Le Prix est de ~~quinze~~ vingt sols.

A PARIS,

Chez HENRY CHARPENTIER, grande Salle du Palais, près la Chapelle, au bon Charpentier.

MDCCXV.

Avec Aprobation & Privilege du Roy.

PIECES CONTENUES DANS CE RECUEIL.

A SON ALTESSE ELECTORALE MONSEIGNEUR LE DUC DE BAVIERE.

ONSEIGNEUR,

Plus les hommes sont élevez, plus on remarque leurs actions & leurs paroles. Tite a merité nos plus grands éloges, pour avoir dit d'un jour dans lequel il n'avoit fait aucun bien à personne, qu'il le comptoit perdu. Il ne seroit pas juste que V. A. E. manquât de Panegyristes pour relever ce que vous dites, tandis que cet Empereur en a trouvé dans son temps pour porter jusqu'à nous une parole qui dure depuis une si longue suite de siecles. C'est ce qui m'a déterminé à renfermer dans l'Ode que j'ose vous présenter ce que V. A.

dit en voyant ce qu'il y a de plus beau à Versailles. Tout le monde s'attendoit que vous alliez vous récrier en quelque sorte à la vûe de tant de belles choses exquises dans leur goût, & superbes dans leur magnificence ; mais non : Je ne vois point, *dites-vous*, ici assez de peuple. *Il n'est pas peu surprenant que vous ayez été plus frapé de ce tendre sentiment pour le peuple qui s'étoit éloigné par respect pour V. A. E. que de tout ce que vos yeux vous offroient de plus propre à vous distraire d'une telle pensée. J'ai tâché dans mon Ode de ne point énerver cette parole si précieuse que je viens de rapporter ; & quand prêt de la tracer par écrit on m'y voit répandre des larmes de joye & de tendresse ; je puis assurer V. A. E. que je me suis trouvé si touché de ce que j'écrivois, que j'en ai répandu en effet comme je le dis. J'ai cru que vous me permettriez d'autant plus cette réflexion, que je ne puis témoigner par un meilleur endroit le zele ardent & le respect très profond avec lequel je suis,*

MONSEIGNEUR,

DE VOTRE ALTESSE ELECTORALE,

Le très humble & très
obeïssant Serviteur,
BOUDART.

ODE.

FENDEZ la presse, rangez-vous,
Voici l'Electeur de Baviere, *
Reconnoissez-le à cet air doux,
Que garde son ame guerriere.
Après avoir vû le Château,
Que pourroit-il trouver de beau?
Il y vient de voir le Roy même!
Oui: mais il veut d'un Souverain,
Que l'on ne vante pas en vain,
Voir en tout la gloire suprême.

Repais ta curiosité
(Toi-même un de nos plus grands Princes)
Chez lui voi ce Roy si vanté,
Nous l'admirons de nos Provinces:
Et nous nous plaisons à servir
Celui seul à qui d'obéir
Toute la Nature est contrainte: **
Dans ces Bocages, ces Jardins,
Dans ces chef-d'œuvres si divins
Reconnois sa grandeur empreinte.

* Le Prince sort du Château de Versailles, pour en voir les dehors

** Les Montagnes applanies, les Rivieres qui remontent leurs eaux pour les porter où le Roy veut.

Continue, & vas jusqu'au bout,
Trois jours ne suffisent qu'à peine,
Ici pour examiner tout;
Il ne faut point reprendre haleine:
Dis-nous, de ces charmans Tableaux,
De ces Cascades, ces Berceaux,
Qu'est-ce qui te plaît davantage?
Prince adorable & trop aimé!
De toi je suis plus que charmé!
Les pleurs coulent sur mon visage!

Tu ne me parois point frappé
De ces fameuses colonades;
Tu n'es pas non plus occupé
De ces Jets d'eau de nos Naïades:
Mais quoi! je te vois triste! helas!
Qu'as-tu donc trouvé sur tes pas?
Ta grande ame est toute abatue!
Le Peuple, dis-tu, *plus nombreux*,
Me charmeroit bien plus les yeux
Que cette immobile Statue.

Le marbre est-il donc assez dur
(A des paroles si touchantes
Qui viennent du cœur le pur)
Pour n'entr'ouvrir point quelques fentes?
On n'auroit point dû s'étonner
De voir alors se prosterner

Ces figures inanimées ;
Et rendre hommage au Potentat
Qui par ces mots, avec éclat,
Dans l'instant les auroit charmées.

Revien Peuple, raproche-toi
De ce Heros si magnanime,
Qu'il ne te cause point d'effroi,
Son bon cœur seul toujours l'anime :
Par l'avenir soit respecté,
Cet Oracle aujourd'hui dicté
Par un Prince si debonnaire :
Disons-le, dans un si haut rang,
L'on ne voit point un cœur si grand
Estre à la fois si populaire.

L'AMOUR ABANDONNE'.

Il se glisse imperceptiblement, & cause de grands maux.

ODE.

AU retour d'une grande chasse,
Je vis dans une même place
Beaucoup de feuillage abbatu ;
Las, fatigué, je m'y repose,
Comme j'aurois fait sur la rose,
Me laissant à demi vêtu.

Je dormis d'abord à merveille,
Mais enfin le froid me réveille,
Je me leve sur mon séant ;
Et satisfait de ma journée,
Le reste de l'apresdinée
Je l'employe en me recréant.

Après cent passe-temps folâtres,
Dont je crois, seroient idolâtres
Ceux de mon âge les plus moux ;
Ne sçachant à la fin que faire,
Pour me divertir, me distraire ;
Je fis du feu de deux cailloux.

Tombé ſur des feuilles arides,
Il brûle les branches humides
Que foible il n'avoit pû gagner;
Et dans l'inſtant, ſans que j'y touche,
Je vois qu'il conſume ma couche,
Et m'oblige de m'éloigner.

❦

La nuit avec ſes ſombres voiles
Ne laiſſoit voir que les étoiles;
Je rappelle vîte mes chiens;
Et ſans ſonger à cette flamme,
Dont peu s'inquiete mon ame,
A la maiſon, je m'en reviens.

❦

Prêt de rentrer dans le village,
Une fille du voiſinage
Regagnoit auſſi ſon logis;
J'offre mon bras à la pucelle,
Et la lueur d'une chandelle
En fit ma premiere Cloris.

❦

De l'Amour je reſſens la force,
Cette entrevûe eſt une amorce,
Qui m'allume & me met en feu;
Ce moment tout à coup me change,
Je ne dors, ne bois, ni ne mange,
Et je ne fais plus qu'un ſeul vœu.

❦

De gras que j'étois, les chairs ſeches,
Je vais aux bois ſans arc, ſans fleches
Pour ſoulager ma grande ardeur :
Mais Dieux ! une fumée affreuſe
Sort d'une flamme monſtrueuſe,
Chacun tremble ſaiſi de peur.

❦

J'entens des cris épouvantables
Qui joignent les bruits effroyables
Que rendent de gros tourbillons :
La terre de cendre couverte
Annonce une infaillible perte,
Et me cache tous ſes ſillons.

❦

Le Ciel, dit l'un, veut pour nos crimes,
Que nous ſervions tous de victimes,
Et purger ainſi l'Univers :
Mon ſentiment n'eſt pas le vôtre,
Cette Forêt plûtôt, dit l'autre,
Sert de nouveau gouffre aux enfers.

❦

Je reſtai long-temps immobile,
Sans chercher aucun autre azile
Où je puſſe me retirer :
Ma langueur devenoit plus grande,
Venus recevoit mon offrande,
Dans mon cœur j'allois l'adorer.

❦

Je vis une grande vallée
Où menoit une belle allée,
J'y cherchai du ſoulagement;
De ces feux ignorant la cauſe,
Je ſongeois à toute autre choſe,
J'aimois, helas! j'étois Amant!

Etant aſſis ſur l'herbe tendre,
Diane à moi ſe fait entendre,
Je me proſterne tout ſurpris;
La chaſſe autrefois me dit-elle
Etoit pour toi charmante & belle,
Mais aujourd'hui c'eſt ta Cloris.

Sans dards, ſans carquois, & ſans meute,
Tu ne cauſes donc plus d'émeute
Au milieu des bois & des champs?
C'eſt auprès de quelque Sylvie
Que tu paſſes bien mieux la vie,
Les Loups ſont ſauvages, méchans.

Forêt! qu'enflame une étincelle!
De l'Amour ſymbole fidelle!
Ouvrage de ce malheureux!
Puiſſe-t-il dans ſa perfidie,
Voiant cet horrible incendie,
Croire encor l'Amour plus affreux!

Toute mon erreur se dissipe
En voyant la fin, le principe
De l'incendie & de l'Amour :
Une étincelle très legere,
Le foible aspect d'une Bergere
Les portent au comble en un jour.

Ꝏ

J'entamois un discours frivole,
Quand Diane aussi-tôt s'envole
Et me laisse tout consterné :
Plein de desespoir & de rage,
Par moi l'Amour dans ce ravage
Est sur le champ abandonné.

DIALOGUE

DE L'AUTEUR AVEC UN PAPILLON.

La Fable tend à faire voir que c'est à tort que l'on a accusé de tout temps les Papillons de legereté & d'inconstance.

COuché négligemment au milieu d'un parterre
Qu'émailloient mille belles fleurs,
Un tendre Papillon qui n'en vouloit qu'aux cœurs
S'approcha près de moi, voltigeant presqu'à terre.
Aussi-tôt que je vis qu'il me vouloit parler,
Comme je le trouvois aimable,
Sur le champ je présente une main secourable
Le priant que sur elle il veuille bien voler :
Mais jamais je ne pus obtenir cette grace :
Il prend dans l'instant même, à mon coude une place ;
Et se tenant en l'air respectueusement,
Il donne à tout son corps un leger mouvement.
Sa charmante douceur, sa grande politesse
Le rendirent d'abord l'objet de ma tendresse :
De ton sort, je lui dis, tu me rends inquiet,
De tes pleurs que je sçache aujourd'hui le sujet.
De vous je ne veux rien, me dit-il, autre chose,
Soyez le protecteur du bon droit de ma cause.
Si l'on voit, poursuit-il, les aîlez Papillons
N'aller que par sauts & par bonds,

Et quitter les fleurs les plus belles,
Pour en baiſer chaque inſtant de nouvelles,
Croyez-vous, pour cela, que ce ſoit juſtement
Que vous les accuſez d'aimer peu conſtamment ?
Vous les nommez par excellence,
La legereté, l'inconſtance,
Mais c'eſt qu'ils n'ont point eu juſqu'ici d'Avocats
Qui ſe ſoient récriez pour eux contre un tel cas.
Ce fréquent changement n'eſt pas ce qui décide ;
Pour que la raiſon ſeule ici fût votre guide,
Il faudroit faire voir que les charmantes fleurs
Veulent bien écouter nos ſoupirs & nos pleurs,
Votre concluſion alors ſera ſolide :
Car ſi d'un pouvoir abſolu,
Mépriſant tout d'un coup le Papillon velu,
On nous chaſſe, on nous congedie,
Notre eſpece ſeroit, par ma foi, bien hardie,
Si malgré ces refus, contre le droit des gens,
Nous les preſſions encor comme des Païſans ;
L'on ſçait aſſez ce que le ſçavoir vivre exige,
Quand, ſi cruellement l'Amante nous afflige :
Or, Monſieur, de tout temps, comme encore en jour,
Les fleurs toujours ainſi nous traitent en amour,
De là nous ne reſtons qu'un moment à la même,
Mais malgré ſa rigueur, on la cherit, on l'aime :
De toutes quoiqu'on ſçache être ainſi maltraité,

De chacune on veut bien essuyer la fierté ;
Pour montrer, s'il se peut, encor plus de constance,
Qu'elles ne nous font voir d'orgueil, d'indifference ;
Et malgré la pluye & le vent,
On nous voit témoigner ces ardeurs, ces tendresses
A de si cruelles Maîtresses,
Que pourriez-vous répondre à ce fort argument ?
Il est des Papillons qui trop long-temps séjournent
Dessus la fleur qui veut que vîte ils s'en retournent
Pour être trop hardis,
Par de cruels enfans très souvent ils sont pris,
Au bout d'un fil, helas ! ensuite ils vont les pendre
Ainsi les Papillons se laisseroient tous prendre,
S'ils étoient du moins plaints dans un si triste sort,
Malheureux ! on les haït encore après leur mort !
Pourquoi donc de si belles filles
Nous aiment-elles mieux chenilles ?
Ainsi défigurez je ne vois point à quoi
Nous ressemblons alors mes compagnons & moi :
Nous nous glissons pourtant sans débat, ni litige
A leur racine, en haut, au milieu de leur tige :
Nos aîles, notre bec, & nos pieds nous font tort ;
Quand nous étions sans forme, & tout d'une venue
Notre race pour lors étoit bien mieux reçue !
Cette métamorphose un jour sera ma mort !
Ah ! qu'il me tarde, helas ! qu'elle ne soit venue !
Le petit animal, en achevant ces mots,
Commençoit à laisser ses aîles en repos :

Il étoit épuiſé d'avoir tout d'une haleine,
Compté ſes déplaiſirs, ſes chagrins & ſa peine.
J'eus ſoin d'offrir vîte mon doigt
Qui lui ſervit d'endroit
Pour reprendre ſes forces ;
Il s'étoit avec moi par ſon galand diſcours,
Fort bien aprivoiſé, je ſçavois ſes amours :
Je mis auſſi ſur des écorces
Tout ce que je penſai pouvoir le ſoulager
Par le boire & par le manger :
Et moi-même je me fis fête,
Voyant, de ſi petite tête
L'eſprit fin & délié,
Et dans ce petit corps, un cœur ſi bien placé.
Quand il fut revenu de cette laſſitude,
Si je lui répondis, ce fut avec étude :
Il avoit ſi-bien ſçu dans l'inſtant s'énoncer,
Que pour mieux diſcourir il falloit y penſer.
Notre race à ſes yeux eût été trop abjecte,
Si j'euſſe eu le deſſous avec un foible inſecte :
Redoublant donc pour lui ma premiere amitié,
Je ſuis, lui dis-je, ému de douleur, de pitié,
Au ſeul récit touchant que tu viens de me faire,
Ta querelle en ce jour eſt mon unique affaire,
De ce tort qu'on vous fait, & qu'on ne peut nier,
Il ne convient que trop de vous juſtifier :
Oui ! tu m'as apporté des raiſons ſans replique,
Il me tarde, aux mortels, que je ne les explique ;

Cher Papillon, d'un ſi cruel abus
Ils ſeront bien-tôt revenus !
Et loin que vous ſoyez encor de l'inconſtance
Le ſymbole & la reſſemblance,
Ton eſpece ſera de la fidelité
Le plus parfait modele, & la ſublimité.
Ce peu que profere ma bouche,
Gagne le Papillon, le touche;
Il s'étoit en parlant tant ſoit peu courroucé,
Ma promeſſe lui fit oublier le paſſé;
Et par une grande merveille,
Il fit bruire à mon oreille,
(Afin qu'entre eux & nous on finît tout procès)
Des ſons qui proclamoient une éternelle paix.
Je lui fis alors cent careſſes,
Qui pouvoient ſuppléer à toutes ſes Maîtreſſes,
Le ſerrant dans mes mains, le baiſant follement
Autant qu'on pouvoit faire un ſi petit Amant
Qui rend de ſon côté tendreſſes pour tendreſſes.
Je voulois pour toujours près de moi le tenir;
Mais il s'en défendit, & promit de venir
De deux jours en deux jours dans ce même parterre,
Où je viens d'exhaler, dit-il, ma plainte amere,
Dans l'inſtant même il part, & le ſuivant des yeux,
Du geſte & de la voix je lui fis mes adieux.
Ma promeſſe n'eſt point inutile & frivole;
Je tiens au Papillon, comme on voit, ma parole:
Cet écrit par lui-même, on peut dire, dicté,
Prouve bien leur conſtance & leur fidelité.

Contre le Fard & le Vermillon.

ODE.

ECLIPSEZ-vous, * laides Etoiles,
Je veux aujourd'hui déchirer,
Les foibles, les indignes voiles
Dont vous voudriez vous parer.
Quoi donc ! quand manque la nature,
Seroit-il quelque couverture
Qui pût braver un triste sort ?
Croyez-vous que l'on vous admire,
Et qu'encor pour vous on soupire,
En ornant des têtes de mort ?

Une vieille a cette manie
De vouloir recourir à l'art,
Et de se croire rajeunie
Par le vermillon & le fard :
Sur la plus antique médaille,
Elle bâtit une muraille,
A force de chaux, de ciment ;
Et par ces dehors peu solides,
Elle croit nous cacher ses rides,
C'est se tromper bien lourdement.

* L'Auteur parle aux Vieilles qui se fardent.

Nature !

Nature! tu la desavoues,
Et ton langage est souverain;
Le temps a trop creusé ses joues,
Elle ne cache que son teint:
Et je ne vois sur son visage
Qu'un très ridicule assemblage
Qui choque, & qu'on trouve hideux;
Malgré la couleur d'une rose
Qui vient à peine d'être éclose,
Je lis son âge dans ses yeux.

Sa voix, sa bouche la décele,
Et quelquefois aussi ses dents;
De plus je ne remarque en elle
Que de morts & froids mouvements:
Sa taille seche, décharnée,
Sa vieille gorge enluminée,
Et son sein coloré font peur:
Quoi! de ton corps femme idolâtre!
Jusques sur tes mains est le plâtre,
Retire-toi, tu fais horreur.

Beautez! qu'une aimable jeunesse
Doit sauver d'un pareil danger,
Sçachez gagner notre tendresse,
Sans rien emprunter d'étranger:
La nature seule nous touche;
Otez jusqu'à la moindre mouche

Qui vient nous cacher votre peau ;
L'on voit étaler aux Coeffeuses
Des têtes * beaucoup moins affreuses
Que vos visages peints en beau.

* Les Bustes peints & parez que les Maîtresses Coeffeuses étalent dans leur boutique.

A MONSIEUR
DE MANTRY.

L'Auteur voudroit lui persuader de ne point emporter avec lui sa Basse de Viole en Franche-Comté, & l'engager à la laisser à Paris. Ce Gentilhomme qui demeure ordinairement à Salins, touche si bien de cet Instrument, que plusieurs personnes osent le comparer à celui [a] *qui passe pour en jouer le mieux.*

ODE.

MANTRY ! qu'est-ce que tu médites ?
Ah ! faut-il qu'ainsi tu me quittes
Quand je t'aimois si tendrement
Qui, dans ton païs te rappelle ? [b]
Ta LYRE n'est donc pas la Belle
Que tu cheris uniquement ?

[a] M. Maret. [b] Il avoit une amitié à Salins.

Quoi se peut-il que je respire,
En voyant partir cette Lyre,
Qui charmoit, helas, mes chagrins!
Ses moindres sons, ses seuls préludes
Dissipoient mes inquietudes
Tous les soirs, & tous les matins.

Contre mon gré j'étois à table,
Si de cette Lyre agreable
Je n'entendois pas les doux airs;
Ce n'est qu'elle qui me délasse,
Quand, suant, je sors du Parnasse,
Fatigué d'avoir fait des vers.

Inutile, & vaine ressource
Que celle que fournit ma bourse
Pour entendre des Violons *!
Je garde une humeur difficile,
Je ne redeviens point tranquille,
De ta Lyre, privé des sons.

* L'Auteur faisoit souvent jouer à l'Auberge 3 ou 4 Violons pendant les repas pour s'égayer.

La Guerre.

Avec quelle force & quels charmes
Me chantoit-elle des allarmes
Dignes de la fureur de Mars!
A mes pieds tombent les murailles,
Je suis au milieu des Batailles
Couvert de sang, percé de dards.

L'Amour. Avec quelle douce harmonie
Un tendre & plus heureux genie,
De l'Amour peint-il les transports ?
Mon cœur & s'allume & s'enflame,
Mais de quels feux brûle mon ame ?
Dieux ! je rougis de mes efforts !

❦

Le Printems. Flore lui fait une couronne,
Que pourroit envier l'Automne,
Elle en orne notre Printemps :
L'Automne. Plus parfaite elle sçait dépeindre
Des fruits que le Printemps doit craindre,
Ils effacent ses jeunes ans.

❦

L'Hyver. Par les Chansons les plus folâtres,
Dont les hommes soient idolâtres,
Elle adoucit le rude Hyver :
L'Eté. De l'Eté, chantant les largesses,
Elle y fait voir tant de richesses,
Que le travail n'est plus amer.

❦

Les Ruisseaux Ici, de quelque eau claire & pure,
Je crois entendre le murmure,
Assis sur un tendre gazon :
Les Forêts. Là, des hautes Forêts l'ombrage,
Me cache par trop de feuillage
Tout le Ciel, & tout l'horison.

❦

Les Bêtes farouches.

Quels antres ! vîte ... je me ſauve,
Ici plus d'une bête fauve
Montre ſes griffes & ſes dents :
Des Lions les hautes crinieres,
Des Ours les gueules meurtrieres,
Feroient peur même aux Elephants.

Les Troupeaux.

Sur les Monts & dans les Vallées,
Des Bœufs les troupes aſſemblées
Me cachent l'herbe & les Buiſſons:
Et tandis que ceux-ci mugiſſent,
Je vois qu'un peu plus loin bondiſſent
Et les Chevres & les Moutons.

Le Combat du Ceſte.

Tantôt dans le combat du Ceſte,
Les uns n'attendent * plus qu'un geſte
Pour mettre à mort leurs ennemis,
Pour les vaincus tout s'intereſſe,
La ſenſible pitié ſe preſſe,
De reclamer pour eux Themis.

Le Combat de la Lutte.

Tantôt, deſſus leurs corps agiles,
D'autres verſent de grands flots d'huiles,
Dieux ! je les vois venir aux mains :
La colere en leurs yeux s'allume,
Par la bouche ils jettent l'écume,
Ils ſont à plaiſir inhumains.

* Les Vainqueurs ſuivant le bon plaiſir de ceux qui préſidoient aux Jeux, donnoient la vie ou la mort à ceux qu'ils avoient terraſſez.

Ils s'allongent, se racourcissent,
Ils se serrent & se saisissent,
A perdre respiration;
Mais le plus foible enfin culbute,
Et c'est la plus horrible chute
Qui finit leur division.

Après avoir vû ces Athletes,
Des Bergers avec leurs houlettes
Dansent au son des chalumeaux;
Les Courses à cheval. Puis, rentrant bien-tôt dans la lice,
J'y vois pour nouvel exercice,
Pousser d'indomptables chevaux.

Les feux que souffle leur haleine
Ne peuvent désecher la plaine
Qu'ils arrosent de leurs sueurs,
Ceux qui les montent sont des Aigles,
Qui, de leur vol n'ont d'autres regles,
Que les traits, les vents, leurs fureurs.

Les Courses de chariots. Là des nuages de poussiere
Me cachent même la carriere,
Et ceux qui disputent le prix;
Des chariots les courses rapides
Sur le sol ne font point de rides
Que puissent voir mes yeux surpris.

Ceux-ci ſe briſent, ſe renverſent,
Tous les autres en vain s'exercent;
Un ſeul touche déja le but;
Tous les Spectateurs applaudiſſent,
Mille cris au loin retentiſſent,
Du vainqueur il prend le tribut.

❦

Quel eſt cet horrible aſſemblage
De tout ce qu'on voit de ſauvage,
De méchant & de furieux?
Les Tigres, les Loups, les Pantheres,
Les Hircocerfs & les Chimeres,
Viennent ſe montrer à mes yeux.

Combats d'Animaux.

❦

Le fier Taureau, libre, ſans bornes,
(L'œil rouge) frape de ſes cornes
Les Lions, les Dogues, les Ours;
Et ce n'eſt qu'après ſa défaite
Qu'on voit la diſcorde parfaite
Qui de ceux-ci tranche les jours.

❦

Tous ſe déchirent, ſe dévorent,
Ils ſe mangent & s'incorporent,
Ils ne s'abreuvent que de ſang:
Faut-il qu'auſſi je m'en repaiſſe?
L'eſpece eſt contre ſon eſpece!
Ah! je fuis, & cede mon rang.

❦

Le Theâtre. Je passe à de plus beaux spectacles,
J'entens l'Histoire, les Oracles
Des siecles les plus reculez :
Je ris dans les récits comiques;
Je pleure dans les faits tragiques,
Plus que ceux qu'ils ont désolez.

❦

Le sommeil. Elle m'endort mieux que Morphée,
Quand tu chantes, nouvel Orphée,
Mantry, sur elle un doux sommeil;
Le chant des oiseaux. Mais la voix des oiseaux m'éveille,
Je vois Baccus dessus la treille
Qui prépare un vin sans pareil.

❦

La Vendange. Du haut des brûlantes montagnes,
Coule jusques dans les campagnes
Un jus délectable & divin;
Il se fait après la Vendange,
De tous les hameaux un mélange,
L'on boit en dépit du destin.

❦

Les Festins. Des mets exquis, des fruits précoces,
Font l'honneur des superbes Noces,
Que le vin seul sçait embellir;
Tout le nectar & l'ambroisie
N'empêchent pas la jalousie
Du Ciel qui les voit établir.

❦

Malgré l'aiguillon qui les presse, Le Labourage.
Je vois se reposer sans cesse
Les bœufs au milieu des sillons;
Comme eux il faut que se délasse La Moisson.
Le Laboureur rempli d'audace,
Chargé de trop fortes moissons.

❦

Bien-tôt, tous les peuples reposent, La Nuit.
Les doux pavots les y disposent,
Finissent les peines, les maux;
Je vois voltiger mille songes, Les Songes.
Qui malgré leurs petits mensonges
Délassent de tous les travaux.

❦

La Terre, la Mer, les Tempêtes,
Les Ris, les Jeux, toutes les Fêtes
Semblent succeder tour à tour;
La Lune & toutes les Etoiles,
La nuit avec ses sombres voiles
Se retire & fait place au jour.

❦

Tu parois, éclatante Aurore, L'Aurore.
Chacun se prosterne, t'adore,
Tout l'horison est plein de feux;
Le Soleil lui-même se leve, Le Jour.
Qui jamais sa course n'acheve,
Sans avoir rempli tous nos vœux.

❦

Les Travaux des hommes. Je regarde, & ne vois personne
Qui le doux Sommeil n'abandonne,
Tout le monde est en mouvement:
On n'oseroit point se distraire,
On craint toujours que la lumiere
Ne finisse trop promptement.

Le Commerce. Dans un laborieux commerce,
Chacun se fatigue, s'exerce,
Et dans la Ville, & sur le Port;
Les uns venus du bout du monde,
Méprisent & Neptune & l'Onde,
Echapez qu'ils sont à la mort.

Une Tempête sur mer. D'autres encor loin du rivage
Sont dans les perils du naufrage,
Ils invoquent le Dieu des eaux;
Le Bâtiment près de la nue
Tout à coup échape à la vue,
Et semble abîmé dans les flots.

L'horreur d'une nuit sans étoiles,
Les vents qui déchirent les toiles,
La mer qui gronde & qui rugit,
Le mât qui se brise & se casse,
L'eau qui par-tout se filtre & passe,
Rendent le Pilote interdit.

Tous les Rameurs perdent courage,
Heureux qui ſe ſauve à la nage!
Le Vaiſſeau fend contre un rocher;
Et l'onde abſorbe les richeſſes,
Que tous les morts dans leurs yvreſſes
Etoient venus ſi loin chercher.

⁂

Tandis que périt le Navire,
Le Faune ſe joint au Satyre
Pour ſauter au milieu des bois:
Avec eux les belles Driades,
De concert avec les Nayades
Danſent en rond tous à la fois.

Danſes de Satyres & de Naïades.

⁂

Tous nos deſirs, toutes nos haines,
Notre joye, & toutes nos peines
Occupent à la fois l'eſprit;
Souvent prêts de verſer des larmes,
Tout à coup par de nouveaux charmes,
L'on ſaute, l'on chante, l'on rit.

Nos peines & nos plaiſirs

⁂

Le long des mers & des rivieres
Courent d'innocentes Bergeres
Avec tous les charmans Daphnis:
Ceux-ci dans les plus jeunes âges,
Cherchent par mille badinages
A plaire aux aimables Cloris.

Les charmes de la campagne.

⁂

a Chasse. Lorsqu'à les voir je me délasse,
J'entens les clameurs d'une Chasse,
Paroissent des Cerfs & des Daims :
Ils mettent dans leur prompte course
Toute leur derniere ressource
Contre les Chasseurs & les chiens.

❦

La Pêche. Plus loin le Marin se dépêche
De tirer à terre une Pêche
Qu'il va mettre au fond de son bord ;
On craint que le filet ne creve,
Cent mille poissons sur la greve
Sont jettez du premier abord.

❦

a Pluye. Rentrons : ici tombe la pluye,
a Grêle. Peu s'en faut que je ne m'essuie,
s Vents. Non c'est la grêle ou bien les vents :
Tonnerre. Mais quels nuages, quel tonnerre,
Après ce froid, vient de la terre
Faire écrouler les fondements.

❦

L'Olympe. Tout s'appaise, le Ciel s'entrouve,
Saisi de respect je découvre
Et les Déesses, & les Dieux ;
Dans quelle paix, dans quelle joye,
Chacun d'eux se plonge & se noye !
Quelle gloire éblouit mes yeux !

❦

Le Tartare.

Il ſe ferme, & je vois l'abîme
Deſtiné pour punir le crime,
Je vois les tourmens des mortels :
Mon ſang ſe glace, je friſſonne,
Toute ma force m'abandonne,
Je ſuis un de ces criminels.

Les Champs Elizées.

De ces gouffres épouvantables
Je paſſe dans ces champs aimables
Que juſte l'on peut habiter ;
Là les plaiſirs, les allegreſſes
Sont mêlez de douces yvreſſes,
Faut-il les voir & les quitter !

Les Etats & les actions differentes des hommes.

Nos états, tout ce que nous ſommes,
Tout ce qu'ont fait les Dieux, les hommes
Me tient les ſens tout interdits,
Avec peine rendu ſur terre,
Des petits j'entre en la chaumiere,
Les grands ſont ſur un Throne aſſis.

Le Riche.

Le Riche dans ſon opulence
Exerce une pleine puiſſance,
Quoiqu'homme, il eſt diviniſé :
Le Pauvre, nud, dans la diſette,
Eſclave, il faut qu'il ſe ſoumette,
En bête métamorphoſé.

Le Pauvre.

Les Temples des Dieux. Quels ſont ces Portiques, ces Temples,
Pour un monde entier aſſez amples?
Quel noble, & quel divin aſpect!
Leur ſuperbe magnificence,
Des Dieux l'adorable préſence
M'y ſaiſit du plus ſaint reſpect.

Les Sacrifices. Par d'innombrables Sacrifices,
Chacun veut les rendre propices,
Le ſang fume ſur les Autels:
Et les entrailles des Victimes
Qui ſervent à laver les crimes,
Font *augurer* tous les Mortels.

L'Eſprit pythonique. Du Démon préſent qui l'agite
Le Prêtre ayant l'ame interdite
Monte ſur le trépied ſacré:
Le peuple qui s'en effarouche
(A voir & ſes yeux & ſa bouche)
Lui croit l'eſprit même égaré.

On ſent quelle eſt ſa peine extrême
De contenir dedans lui-même
Les Oracles dont il eſt plein:
Comme à lui, quand il les adreſſe,
Le poil ſur la tête me dreſſe,
Il ne connoît plus aucun frein.

Tout est dit: il devient paisible,
Son discours incompréhensible
Reçoit chaque sens different;
Et l'avenir que je vois naître,
De tout ce qu'on voudroit connoître
Sera l'unique & seul garant.

Mais quoi! je suis à la mamelle, L'Enfance.
Oui, je bégaye & je chancelle,
J'ignore tout, je ne peux rien:
Insensiblement je m'avance:
Je sens déja que je commence
A marcher seul & sans soutien.

Plus grand, les jeux sont mon partage, L'Adolescence.
Et sans prévoir dans quelqu'autre âge,
Je sçai profiter du présent:
Bien-tôt mille soins me dévorent, L'Age viril.
Mes plus doux plaisirs s'évaporent
En quelque désir très cuisant.

Une courbe & lente vieillesse La Vieillesse.
Succede à la vive jeunesse
Qui faisoit envier mon sort,
Je sens le ciseau de la Parque, La Mort.
Caron me passe dans sa Barque,
C'en est fait, vivant, je suis mort!

Les beaux Arts. Dieux ! quelle profonde ſcience !
La Poeſie & l'Eloquence
Se font voir & tous les beaux Arts !
Quels ouvrages d'Architecture !
Quels riches morceaux de Peinture !
Leurs Auteurs paſſent les Ceſars.

La Muſique. Goûtai-je par un ſort magique
Les doux charmes de la Muſique !
D'une Lyre entens-je le ſon !
La Lyre. Excellente, & toute divine,
Elle a quelque corde aſſez fine,
Pour auſſi ſe mettre en Chanſon !

Tout s'ébranle, & quitte ſa place,
D'un ſi beau ſon, tout ſuit la trace,
Tout ſemble venir l'adorer !
Moi-même aſſis deſſous un arbre
Je ſens qu'une pierre de marbre
M'y porte & s'y laiſſe attirer.

Si ma trop foible voix la chante,
J'aime à la voir reconnoiſſante :
Elle me trouve ſans défaut ;
Par elle élevé juſqu'aux nues,
Il n'appartient qu'aux bonnes vûes,
De me diſtinguer de ſi haut.

À parler, Mantry, ſans figure,
Ta Lyre ainſi peint la nature,
On ne lui peut rien égaler:
Compliment! injure commune!
Ah! tu dis qu'elle m'importune,
Cruel! tu la fais emballer!

Sans nul égard à ma Requête
Tu l'enfermes dans une boete,
Preſque ſans cordes, ſans reſſorts,
Elle ſçaura bien elle-même
Témoigner ſa douleur extrême,
Par ſes trop lugubres accords.

Il me ſemble voir le Caroſſe
Tomber déja dans quelque foſſe,
La faire crier triſtement!
Tu ſçauras alors me connoître,
Et tu voudras en vain peut-être
Mieux compatir à mon tourment.

Laiſſons-là des diſcours frivoles,
On n'écoute point mes paroles;
Pars, Ami, pars, & ſonge à moi;
J'ai beaucoup parlé de ta Lyre;
Mais ſçache que mon cœur ſoupire,
Bien moins pour elle que pour toi.

L'HORLOGE DU PALAIS ROYAL.

DANS le Palais Royal, d'un Page, (*a*) l'autre jour,
Je m'informai pourquoi le Cadran de la cour
Avoit toujours l'aiguille arrêtée à même heure ?
Moi, je crus qu'il alloit me dire tout à l'heure,
Que cela fût causé par le dérangement
Des reſſorts qui devoient la mettre en mouvement :
Point du tout : c'eſt, dit-il, par la clauſe formelle
D'un Teſtament auquel on eſt encor fidelle.
Ce début me ſurprit, je tombai de mon haut,
Comme quand dans un ſonge on s'éveille en ſurſaut ;
Mais auſſi-tôt après, des Pages la malice
Me fit dans ce diſcours croire quelque artifice.
Voici, lui dis-je, un plat bien de votre façon !
Suis-je poiſſon à mordre à pareil hameçon ?
Vous autres, vous croyez même en place publique
Pouvoir, comme il vous plaît, faire à chacun la nique :
Je ſuis, je le vois bien, aujourd'hui de ceux-là ;
Oui ! vous crevez d'eſprit, *b* l'heureux tour que voilà !

a M. de Marmagne qui n'eſt ſorti que depuis peu des Pages de Monſeigneur le Duc d'Orleans.

b L'Auteur, en lui diſant ces paroles, le ſerre comme pour l'embraſſer.

Son Altesse Royale *c* à présent me confonde
Si je vous mens, Monsieur, voici sur quoi se fonde
Ce que j'avois voulu d'abord vous raconter ;
De vous dire le fait, laissez me contenter ;
Et puis, si vous voulez ne pas croire la chose
Sur ce propos ma bouche à jamais sera close.

Je vis dans tout son air une ingénuité
Qu'accompagne toujours la seule verité :
De plus, me suis-je dit, quel grand mal de l'entendre ?
Au moins, sçaurai-je alors quel piege il veut me tendre,
Monsieur, dis-je à ce Page, on vous en croiroit moins,
Si vous n'aviez que pris tous les Dieux à témoins :
De ces sermens communs vous faites des largesses
Qui servent à couvrir vos plus grandes finesses ;
Mais le Dieu par lequel vous venez de jurer,
De tout votre discours, me fait mieux augurer.

Vous pouvez, me dit-il, croire sur ma parole
Que ce que je dirai n'est rien moins que frivole :
L'Histoire, la voici. De ce Palais Royal
Etoit maître autrefois le fameux Cardinal
Qu'on nommoit Richelieu : ce chifre *d* sous l'aiguille
Nous trace en abregé ses noms & sa famille ;
Vous le voyez, Monsieur, & dans tout ce Palais
Cent endroits sont marquez pour qu'il vive à jamais :
Ce grand homme mourut dans cette maison même,
Et déclara surtout sa volonté suprême :

c Monseigneur le Duc d'Orleans.

d Dans la premiere cour en entrant on voit au dessous du Cadran un chifre sur la pierre, qui contient les premieres lettres des noms *Armand, Jean, Duplessis, Card. Duc de Rich.*

De cette Horloge il veut entr'autres *qu'à sa mort*
On ne laisse jamais agir aucun ressort.
A peine expire-t'il, qu'on se fait une étude
D'executer cet ordre avec exactitude;
De l'Horloge on arrête & poids & mouvement;
L'aiguille de sa mort marque encor le moment:
A huit heures un quart on a fixé sa course,
A même heure du soir il mourut sans ressource.
Tout ceci vous paroît sans doute, assez nouveau,
Mais l'ai-je pû tirer du fond de mon cerveau?
Si vous ne m'en croyez, croyez-en le vulgaire,
Croyez l'Acte public qu'en garde le Notaire:
Le fait parle pour moi, car dans ces Maisons-ci
Une Horloge jamais n'est arrêtée ainsi:
De plus loin il faut donc que la chose provienne,
Et que du Testament la clause soit certaine.
Il cessoit de parler, quand des gens loin de nous
Vinrent à notre banc s'asseoir à l'un des bouts:
Messieurs, leur dit le Page, on vous fait bien excuse
De cette liberté dont avec vous on use:
Sçauriez-vous, par hazard, pourquoi sur ce Cadran
L'aiguille toujours marque un seul & même instant?
Messieurs, nous dirent-ils, d'un ton tout patétique,
C'est par un ordre exprès de ce grand Politique
Armand, Jean du Plessis; plus connu sous le nom
De Duc de Richelieu: ce Cardinal. . . . . pardon,
Cela suffit, Messieurs, nous sçavons tout le reste,
Nous ne voulions que voir si la chose on conteste?

Le Page en même temps ayant pris congé d'eux
Se leve & je le ſuis : trouvez-vous donc douteux
Me dit-il en riant ce que je vous avance ?
On vient de vous convaincre, il faut que je commence
Si vous le trouvez bon à railler à mon tour :
Voyez qu'il fait bon vivre, on apprend chaque jour.

Par ma foi, dis-je alors, la choſe eſt ſi plaiſante,
Qu'il n'en eſt pas, je crois, de plus divertiſſante :
Aurois-je pû d'abord n'en être pas ſurpris ?
Mais puiſqu'elle eſt bien vraie, & j'en raille, & j'en ris.
Quel deſſein avoit donc ce Prelat, ce Miniſtre,
De ſa mort vouloit-il qu'on ſçût l'heure ſiniſtre ?
Ou bien, en s'éclipſant, ſemblable au vrai Soleil,
Croyoit-il nous plonger dans un profond ſommeil ?
Vouloit-il qu'à ſa mort on craignît ces déſaſtres
Qui confondront enſemble & la terre & les aſtres ?
Quand l'Univers entier rentrant dans le cahos
Laiſſera tous ces corps dans un affreux repos ?
Ce deſſein paroîtroit tant ſoit peu moins bizare,
S'il fut mort le front ceint de l'auguſte Thiare ;
Mais n'étant en mourant que ſimple Cardinal
Ce trait de politique eſt plus qu'original.

Je penſe comme vous, Monſieur, me dit le Page,
Et l'on doit convenir que cet ordre eſt peu ſage.
Vous parlez de Thiare : à cette occaſion,
Permettez en paſſant cette digreſſion :
Le Prélat, m'a-t'on dit, d'une ardeur ſans égale
Poursuivoit de[illegible] long-temps la dignité Papale :

L'Evêque du Bellay qui n'étoit pas manchot,
Trouva lieu là dessus de lui dire un bon mot :
Vous sçaurez que l'Evêque étoit, par trop, rigide
Envers les Capucins qu'il tenoit fort en bride :
Un beau jour qu'avec lui railloit le Cardinal,
Vous en voulez, dit-il, *beaucoup au Monacal ?*
L'Ordre de Saint François de doux vous rend sévere !
Si jamais envers lui vous étiez moins colere
Vous, pour tant de vertu, je canoniserois :
Nous aurions donc tous deux, dit l'Evêque, *je crois*
Ce que nous souhaittons, ceci n'est point attrape,
Puisque je serois Saint ; & vous, vous seriez Pape.
J'applaudis au bon mot par le Page conté
Avec autant d'esprit que de vivacité :
Mais, repris-je aussi-tôt, me feriez-vous connoître
Quels motifs peut avoir aujourd'hui votre Maître,
Pour laisser subsister un Testament maudit,
Qui par ce seul travers *e* doit perdre tout credit ?
Si l'on peut comparer les choses fort petites
A celles qui n'ont point en grandeur de limites,
Le Prélat, & le Prince ? On voit que ce dernier
Doit n'avoir nul égard aux ordres du premier :
De plus l'Horloge annonce un deuil, une tristesse
Que Monsieur a changée en joye, en allegresse.
Enfin, qui pourroit mieux la mettre en mouvement,
Que celui qui connoît si bien le Firmament ?

e Je lui montre en même temps l'Horloge pour lui rappeller le sujet de notre conversation.

Et de qui ce ſoleil *f* (ce n'eſt point hiperbole)
Ne feroit tout au plus que l'imparfait ſymbole.
Le Prince, dit le Page, avec tant de grandeur,
Ne ſe fait point ainſi d'un rien un deshonneur :
Si nous gardions des loix, nous ſimples Gentilshommes,
Nous croirions déroger à tout ce que nous ſommes,
Tandis qu'on voit les Grands plus doux & plus humains
Vouloir bien ménager l'ouvrage de nos mains.
On m'appelle ! dans peu l'on va ſe mettre à table *g*,
De vous quitter, Monſieur, je crois être excuſable ?
Je ſçai qu'il n'en eſt point, qui de tout ſon pouvoir
Ne doive rendre au Prince un fidelle devoir
(Dis-je au Page à l'inſtant) ſeulement prenez garde
Que la cérémonie en rien ne vous retarde :
Laiſſez m'en aller ſeul : je ſuis encore ſurpris
Du fait rare & nouveau que vous m'avez appris.
Nous étant embraſſez tous deux ſans plus attendre,
Comme lui, je men fus où je devois me rendre :
Je marche tout penſif, & j'arrive chez moi,
Les yeux très enflâmez, ſans qu'on ſçache pourquoi :
De plus en plus ma verve & s'échauffe, & s'allume,
Je prens tout à la fois encre, papier & plume,
Je rumine, j'écris & ne ſuis ſatisfait
Qu'après avoir inſtruit le Public d'un tel fait.
J'ACHEVOIS, quand d'abord on m'apprend pour ſalaire,
Que toute cette hiſtoire eſt un bruit populaire,

f Je le montre de la main.
g Le Prince étoit ce jour là au Palais Royal.

Un conte dans Paris dès long-temps inventé,
Dont on peut aisément montrer la fausseté.

On *h* avoit du Prélat fait le funebre Eloge,
Quand dedans son Palais on y vit cette Horloge;
Ainsi, m'ajoûte-t'on, au jour de son trépas,
En eût-il pû parler? elle n'existoit pas:

Le Roy, presqu'aussi-tôt le décès de son pere,
Logea dans ce Palais, & la Reine sa mere: *i*
Un autre Cardinal *k* déja nous tenoit lieu
Du grand, du politique, & fameux Richelieu:
Dans ces jours seulement l'Horloge y fut placée,
Dans ces jours seulement l'heure y fut annoncée:
Et même sur l'aiguille, en chifre sont décrits
Les augustes surnoms & d'Anne & de Louis. *l*
Ce qui fait une preuve & seure & convaincante,
Qu'elle n'est que du temps de la Reine Regente.

De *m* plus l'Horloge alloit avant quelque trente ans,
Si l'on en croit tous ceux qui restent de ce temps:
De Monsieur, dernier mort, les plus vieux Domestiques
Ont vû mouvoir, agir ses ressorts mécaniques:
Ce qui ne seroit pas, si, comme on nous le dit,
A la mort du Prélat on en eût tout détruit *n*.

h Premiere preuve de la fausseté de ce bruit.

i Après la mort de Louis XIII la Reine vint demeurer au Palais Cardinal avec Louis XIV. & feu Monsieur.

k Le Cardinal Mazarin.

l Le bout de l'aiguille qui répond à celui qui marque les heures, renferme les noms d'Anne & de Louis.

m Seconde preuve.

n Le Cardinal mourut le 4 Decembre 1642, & par consequent il y auroit déja plus de 73 ans que cette Horloge n'iroit pas.

On *o* prétend que l'aiguille eſt ſur l'heure préciſe
Que tomba ce ſoûtien de l'Etat, de l'Egliſe ?
Les Hiſtoires font foi qu'il n'eſt rien de plus faux,
Sur lui, la pâle mort n'émouſſa point ſa faux,
Qu'au moment qui diviſe en deux notre journée *p*,
Quatre heures le Cadran prend ſur ſa deſtinée *q*,
On *r* ne lit rien auſſi dans tout ſon Teſtament
Qui d'un ordre ſemblable approche ſeulement :
Les Notaires enfin n'ont aucune minute
Qui puiſſe faire naître une telle diſpute :
Votre verve, Monſieur, ici s'épuiſe en vain,
Cet ouvrage jamais ne fera bonne fin.
Pour une autre raiſon nullement conteſtée,
L'on voit toujours ainſi l'aiguille être arrêtée.
Le *s* Maréchal Choiſeul, ſurnommé du Pleſſis,
Occupoit tout le haut du grand corps de logis
Où nous voyons encor le Cadran & l'aiguille :
Il étoit incommode à ſa femme, à ſa fille
D'entendre un balancier qui jamais ne ceſſoit
D'étourdir, d'éveiller quiconque repoſoit :
Dans Choiſeul feu Monſieur mettoit ſa confiance :
De toute ſa maiſon il avoit l'Intendance :

o Troiſiéme preuve.

p Le Cardinal mourut à midi. L'Abbé Richard, Parallele du Cardinal Ximenès & du Cardinal de Richelieu. Pag. 177 de l'impreſſion de 1705.

q L'Aiguille eſt arrêtée un peu après 8 heures.

r Dernieres preuves.

s On apporte la vraie raiſon de tout ceci, dont les Officiers de feu Monſieur, qui vivoient dans ce temps-là, rendent témoignage.

De ſes Gardes le Chef, du Prince Gouverneur *t* ;
Il pouvoit eſperer de lui quelque faveur :
A ſa ſeule demande, & ſans priere aucune,
Feu Monſieur fit ôter cette Horloge importune :
Elle fut tranſportée au Château de ſaint Clou,
Dont le Prince faiſoit ſon plaiſir, ſon bijou ;
C'eſt dans cette Maiſon de deuil encor tendue *u*,
Que par elle long-temps l'heure fut entendue :
Enſuite, comme on put s'en paſſer aisément,
A l'Egliſe de Garge *x* on en fit un préſent :
Elle en regle aujourd'hui tout le Divin Office,
Et rend aux Paroiſſiens un utile ſervice ;
L'Aiguille & le Cadran ſeuls reſtez au Palais,
De l'heure aucun ſignal ne donneront jamais.
Vous voyez bien, Monſieur, que c'eſt erreur groſſiere
De penſer là deſſus comme fait le vulgaire :
Il n'eſt aucune clauſe, aucun acte formel
Sur lequel vous puiſſiez répandre votre ſel.
J'écoûtois ſans rien dire, & j'écumois de rage,
De ma Piece voyant l'écueil & le naufrage,
J'étois au deſeſpoir qu'un ſi fin Cardinal
A ſa mort n'eût laiſſé le ſeul trait principal
De toute ma Satyre & de mes railleries,
Et que ce fût du peuple autant de rêveries.

t Le Roy en 1649 le nomma Gouverneur de feu Monſieur.
u A peine eſt-elle habitée depuis la mort de Monſieur.
x Village auprès de S. Cloud.

Convaincu que je suis de l'erreur, de l'abus
De ces bruits sottement dans Paris répandus;
Je vole vers le Page, & je lui fais entendre,
Qu'il ne m'auroit point dû de la sorte surprendre:
Quoi! lui dis-je, quelle est votre témerité *y*,
Par le Prince jurer pareille fausseté.
Ceci passe à coup seur tous vos tours de souplesse,
De prendre en vain son nom a-t'on la hardiesse;
Mais on avoit trompé ce Page comme moi:
Il ne m'avoit rien dit que de très bonne foi;
Et même il me fit voir imprimé dans un Livre
L'ordre exprès du Prélat avant cesser de vivre.
Indigné que je fus contre un pareil Auteur,
Je biffai sur le champ & la page & l'erreur.
Dans moi, tout de nouveau, ma verve se rallume,
Comme le fer ardent qu'on remet sur l'enclume,
Et mon feu ne s'éteint, *je ne suis satisfait,*
Qu'ayant desabusé le Public d'un tel fait.

y L'Auteur ne s'autorise à parler ainsi à M. Marmagne qu'en épousant les interêts de Monseigneur le Duc d'Orleans, par lequel le Page avoit juré pour appuyer un mensonge. Dix-neuviéme vers du commencement de la Piece.

L'Amour aux prises avec la mere de Climene.

ODE.

L'Amour avec beaucoup de peine
Voyoit la mere de Climene
Estre insensible à tous ses coups:
Ce n'est pas qu'elle fût farouche,
Chaque trait la perce, la touche,
L'Amour pourtant a le dessous.

Vieille, elle est faite au badinage;
Et dans ce retour d'un grand âge,
L'habitude ôte le plaisir:
Pour faire de nouvelles breches
Ce Dieu se saisit de trois fleches
Qu'il avoit bien sçu lui choisir.

Toutes trois ensemble il les lance,
Mais de rien cela ne l'avance;
Il lui darde alors à la fois,
Plein de dépit & de colere,
Malgré les ordres de sa mere,
Tous les traits, l'arc & le carquois.

Venus même à ce coup s'écrie ;
Et l'accuſe d'étourderie,
Veux-tu, dit-elle, l'accabler?
L'Amour touché veut voir la playe:
Ma mere, dit-il, ſoyez gaye ;
Je n'ai fait que la chatouiller.

A MADEMOISELLE LE B**

Qui avoit voulu que l'Auteur composât ſur elle des Vers, ſans l'avoir vûe.

MADRIGAL.

UNE Phylis qui charme l'Univers,
Veut que ſans l'avoir vûe on lui faſſe des vers ;
Ma Muſe, j'y renonce, & je crois impoſſible
De parler comme il faut d'un objet inviſible :
Je roulois ces penſers, la Déeſſe ſoudain
Me donne un coup leger de ſa flateuſe main,
Eleve trop aimé, quand on a, me dit-elle,
Tout l'eſprit de Phylis, & qu'on eſt auſſi belle,
En peu de temps, crois-moi, l'on ſe fait un renom,
Qui du plus bel éloge eſt le plus riche fond ;
Tu ſerois ébloui voyant cette pucelle,
Et je perdrois en toi mon plus cher nourriſſon.

A MADEMOISELLE F....

Sur son Mariage avec Monsieur Papillon.

MADRIGAL.

BEAUTE' charmante, que j'adore,
Et qu'en vain à présent j'implore,
Je n'ai rien à vous reprocher,
Il est toujours fort beau de vous laisser toucher:
Mais, enfin, si j'osois témoigner ma surprise
Sur celui qu'avec vous joint aujourd'hui l'Eglise,
Ce seroit en voyant baisser le pavillon
A tant d'Amans constans devant un Papillon.

A LA MESME.

Encore à l'occasion de son Mariage avec M. Papillon.

QUE vont donc devenir nos Vers & nos Chansons
Sur les folâtres Papillons ?
On les a toujours pris pour le parfait symbole
De l'Amour le plus frivole,
On les voit aujourd'hui tendrement s'arrêter
Sur un aimable objet qui sçait les enchanter !
Dans eux, l'on ne voit plus cette folle inconstance,
Ils sont des vrais Amans la vive ressemblance !
Quel Dieu pourroit causer ce prodige nouveau ?
Faut-il être Devin ? c'est toi belle Faid...
Par toi les Papillons cessent d'être volages,
Près de toi, tu le sçais, il ne sont plus sauvages,
Le mieux doré d'entr'eux, & le plus argenté,
Est le premier à rendre hommage à ta beauté ;
Et de si grands transports son ardeur est suivie,
Qu'avec toi seule il veut passer toute sa vie :
Ses vœux sont exaucez, & l'on voit en ce jour,
Les vierges Papillons suivre le tendre Amour :
A toi seule étoit dûe une si grande gloire,
L'Amour auroit sans toi douté de la victoire,
Mais, F..... quand ce Dieu te tient de son côté,
Il n'est plus d'inconstance & de legereté.

Monsieur de Mantry étant venu un soir jouer de sa Basse de Viole devant des Demoiselles & des Messieurs, devant qui l'Auteur venoit de reciter quelques Vers de sa façon, reçut le lendemain ce sixain de sa part.

MADRIGAL.

HIER, Mantry, l'on bâilloit au recit de mes Vers,
Quand vinrent nous charmer tes accens & tes airs;
Tu sçavois, je le vis au maintien de nos Belles,
Par tes tendres accords te gagner ces Pucelles:
A nos désirs, hélas! on n'oppose plus rien,
Quand d'un bel instrument on voit jouer si bien.

PREFACE DE L'AUTEUR.

JE crois qu'on peut permettre à un **Auteur** *d'écrire des Satyres, quand il est assez prudent pour n'attaquer personne en particulier, & assez vrai pour ne pas avancer des choses qui tombent à faux. Avouons même qu'il est de la bonne police d'un Etat d'obliger le vice à se cacher, si on ne peut le détruire absolument; & que de déclamer contre, c'est contraindre au moins ceux qui y sont attachez à se masquer sous des dehors honnêtes & qui édifient, & encourager en même temps ceux qui ont embrassé la vertu opposée à ne point quitter le bon chemin où ils sont déja. Ceux qui se comportent bien, seront toujours très aises, qu'on excitent ceux qui ne sont pas dans la bonne voye, à en sortir, & ne seront point choquez des défauts qu'on reproche à tous ceux de leur profession en general, & dont ils sçauront bien qu'on ne les accusera jamais: ceux qui n'agissent pas avec la même équité & la même droiture, seront fâchez, il est vrai, qu'on les mette si fort en plein jour; mais c'est la moindre punition qu'ils méritent, & que le Public doive leur souhaiter. J'espere que ceux qui liront cette Piece, seront assez raisonnables pour croire que je n'ai pas voulu envelopper à la fois tous les Secretaires des Juges dans cette peintur* *que j'en ai faite; mais plûtôt, que j'ai voulu parler seulement de quelques Particuliers qui, comme dans toutes les autres Professions, s'éloignent des regles & des bornes que leur état leur prescrit. J'aurois d'autant plus de tort d'avoir eu quelque autre intention, que j'en connois moi-même plusieurs qui se comportent avec toute la droiture & la bonne foi que l'on peut exiger des hommes les plus justes & les moins interessez. Au reste on ne doit pas me sçavoir gré, si l'on ne lit dans cette Satyre aucun nom de ceux sur qui elle peut tomber; puisque, quand bien même les loix ou l'usage seroient assez dépravez pour le permettre, je ne voudrois jamais me servir d'une permission par laquelle, contre toutes sortes de regles & de justice, on dénote & l'on désigne les personnes d'une maniere si grossiere & si outrageante.*

SATYRE CONTRE LES SECRETAIRES DES JUGES.

D'Un fameux Conſeiller, indigne Secretaire,
A toi ſeul aujourd'hui je crains d'avoir affaire:
De moi, pour mon procès, tu ne demandes rien,
Mais pour ne le point perdre, il te faut tout mon bien:
Pauvre! c'eſt à regret qu'envers toi je ſuis chiche,
Je perdrai mon bon droit, je plaide contre un riche
Qui, non pas comme moi, te promet de l'argent,
Mais qui ſçait t'en donner ſur l'heure du comptant.
J'ai beau repréſenter ma petite fortune,
Ce diſcours peu brillant, je le vois, t'importune:
Si je marche avec toi, je te cede le pas,
Pour tous ces beaux dehors tu ne m'écoutes pas:
Mes égards, mes reſpects, ma doucereuſe mine,
Au lieu de t'adoucir, te rend l'humeur chagrine;
Et dans mon embarras, n'oſant plus te parler,
Je regarde la porte, & ſonge à m'en aller.
Si je t'implore enfin pour l'*Extrait* de ma Cauſe,
Tu travailles déja, dis-tu, ſur autre choſe:

Mais, pourriez-vous, Monsieur, vous y mettre bien-tôt?
Tu me dis, en courroux, de revenir tantôt:
A quelle heure, Monsieur, veut-il que je revienne?
Je n'ai, dis-tu, jamais aucune heure certaine.
J'étale de mon mieux ma Croix de Saint Louis,
Du *Saint Esprit* ses yeux ne seroient éblouis.
Tout cela ne met point de l'argent dans la poche,
Mon Secretaire aura toujours un cœur de roche:
Malgré mon Cordon bleu je serai comme un sot,
Tout au plus dans sa chambre à croquer le marmot;
Et durant le procès, ma triste destinée
Sera d'ainsi passer les trois quarts de l'année.
Jusqu'à ce que pour moi vienne parler l'argent,
Il ne se montrera jamais plus indulgent,
Il faudra lui donner pour tous ses beaux services
Plus que le *principal*, & toutes les *épices*.
Voila comme en ce siecle homme de qualité,
Par un sot, un faquin vous êtes maltraité!
Aujourd'hui, quand sans bien se trouve la Noblesse,
Qu'on lui fait bien sentir son neant, sa foiblesse!
Quel est donc, direz-vous, cet homme si hautain,
Qui traite ainsi les Grands si fort haut à la main?
C'est un petit crasseux qui, Clerc chez un Notaire,
Ne sçavoit quel étoit son pere ni sa mere,
Et qu'on n'envoyoit point par la ville trotter,
Qu'on ne sçût au retour très bien le souffleter:
Qui d'un liard avide, au bout de la semaine,

Quand il avoit cinq sols ne perdoit pas sa peine,
Qui presque allant tout nud, & manquant de souliers,
Essuyoit le refus de tous les Savetiers :
Qui peut-être en ce monde avoit fait son entrée
En portant d'un chacun dans Paris la livrée,
Le tout, après avoir du meilleur de son cœur,
Aux Laquais, aux Manans servi de Décroteur.
Voila, voila celui que l'on voit si feroce,
Exerçer avec vous un si riche negoce;
Ne parlez point d'Ecus, mais parlez de Louis,
Et n'en donnez d'un coup pas moins de trois fois dix:
Ce ne sera jamais qu'une semblable somme
Qui vous fera passer chez lui pour galant homme :
Il se rappelle alors toutes vos qualitez,
Et sçait vous accabler de ses honnêtetez :
Daignez vous reposer . . . dans un moment j'acheve . . .
Vous devenez son Maître, il devient votre Eleve :
Il écoute l'affaire, il paroît y penser ;
Vous aurez gain de cause, à le voir s'empresser :
Enfin il vous conduit jusqu'au pas de la porte,
Et dit qu'à ce procès il veut tenir main forte :
Il s'exprime toujours en termes dédaigneux
De la Partie adverse, il fait pour vous des vœux :
Mais comptez que lui-même, aussi-tôt qu'elle arrive
Sçait bien mieux que pas un donner l'alternative.
Vous sortez neanmoins content & satisfait
De vos trente Louis voyant le bon effet :

Je ne reſterai guere ici que deux quinzaines,
Dites-vous, à plaider; tout au plus ſix ſemaines:
A vos amis déja, vous parlez de retour,
Si-tôt qu'ils auront vû Paris, le Roy, la Cour:
Vous n'êtes pourtant pas au bout de la carriere,
Six ſemaines feront plus d'une année entiere;
Vous ſerez même heureux, ſi l'an étant paſſé,
Vous voyez le procès à moitié commencé.
 Cependant quelque temps & ſe paſſe & s'écoule,
Preſqu'inſenſiblement tandis que l'argent roule
Auprès du Secretaire on ſe rend derechef,
Pour voir ſi dans l'*Extrait* il n'oublie aucun chef?
Ils ſont tous oubliez, il n'a point pû s'y mettre,
Il n'eſt pas ſeulement à la premiere lettre:
Bien plus, il ſemble (à voir ſon air froid & glacé)
Qu'il ne ſe ſouvient plus de l'argent avancé;
Quoique par votre air libre, & votre contenance,
Vous rappelliez fort bien cette belle finance!
Le drôle eſt informé de vos biens, de vos fonds,
Qu'il a bien ſçu connoître à vos riches galons;
S'ils vous font reſpecter, c'eſt lorſque votre bourſe
Eſt pour le Secretaire intariſſable ſource;
Autrement à toute heure il vous fait bien ſentir,
Que ces beaux ornemens ne ſont pas à choiſir.
J'en ſçai qui par la peur de paroître trop riches,
Font durant leur procès un bon nombre de niches:
Ils ôtent ces habits couverts de grands galons,

Pour ne mettre ſur eux que de pauvres haillons :
De ce piteux état ſouvent le Secretaire,
Tout clair-voyant qu'il eſt n'entend pas le myſtere ;
Mais gare qu'il découvre un tel déguiſement,
Si vous n'avez toujours ce vil habillement :
Et de fait, comme il faut l'ôter dans les viſites,
Qui des meilleurs procès ſont les fâcheuſes ſuites,
Avec vous dans la rue il ſe trouve un beau jour ;
Et par votre rougeur il s'apperçoit du tour :
Cet habit qu'il a vu ſur vous l'après-dînée,
Tout autre que celui qu'il voit la matinée,
Votre honte à ces yeux dans ce prompt changement,
Font qu'il vous a reçu chez lui ſi froidement.

Ma Muſe, ſans ton aide, oſerois-je entreprendre
D'exprimer, en ce lieu, ce qu'on ne peut comprendre ?
La peine, la douleur, & l'affreux deſeſpoir
D'un Plaideur qui ne ſçait ce qu'il devroit vouloir !
Il voit bien qu'on l'outrage & qu'on le tiraniſe,
Et n'oſeroit pourtant faire un peu mine griſe :
Il preſſent fort qu'on veut de nouveau de l'argent,
Et que tout ce grand froid eſt l'Huiſſier, le Sergent :
A qui ſe plaindra-t'il ? le Conſeiller, le Juge,
Ne l'en croit pas toujours ; le voila ſans refuge :
Que faire ! il n'eſt plus libre auſſi de reculer,
Il ne lui reſte alors que la ſomme à doubler :
Il le fait (ſes raiſons ne ſont pas trop frivoles)
Pour qu'on n'annulle point les premieres piſtoles ;

Mais l'argent lui manquant, il lui faut engager
Des habits qu'il vendra bien-tôt pour *le manger* ;
Trop heureux quand, après une pareille crise,
Il remporte en Province une seule chemise !
Que l'on m'épargne ici la peine & le travail
D'entrer, sur ce sujet, dans un plus long détail * :
Une indigne Gargote, une infame paillasse,
Dans un stile si haut ne peuvent trouver place.

Crains-je donc d'appeller voleur de grand chemin
Ce Mercenaire avide ? ou même un Assassin ?
C'est au moins tout cela ; tous les jours à la Greve
On en pend dont la faute est beaucoup moins griéve.

A la fin cependant il travaille à l'*Extrait* ;
Vous le remerciez encor de ce qu'il fait !
Votre mal qui s'accroît durant la procedure,
Quant à l'argent jamais ne change de nature ;
Si de vous par lui-même il n'a force ducats,
Il parle aux Procureurs, il parle aux Avocats ; **
Et ces gens-ci pour lui parlent comme d'eux-mêmes,
Et se donnent la main pour tous leurs stratagêmes.
On répond à *Griefs*, on fait des *Contredits*,
Pour les *Extraits* desquels il faut d'autres louis :
De tous vos plus beaux biens ni le quint, ni la dîme
Ne vous jetteroient point dans un si grand abîme.

Du moins un Avocat, & même un Procureur,

* L'Etat pitoyable où le Plaideur est réduit par les mauvaises menées du Secretaire.

** On est fort éloigné de vouloir parler de ces Avocats dont le merite & la réputation les font ici respecter de l'Auteur autant que les Juges même.

Donnent quelque quartier au malheureux plaideur ;
Ils attendent ſouvent que le procès finiſſe,
Et c'eſt après l'*Arrêt* qu'on voit leur avarice !
Mais celui-ci des trois eſt le plus grand fléau,
Il prend l'argent d'avance ainſi que le Boureau :
Il ne fera jamais deux lignes d'écriture,
Si vous ne les payez, & même avec uſure.

Pour cela croyez-vous être plus avancé ?
Oui ! ſi l'on n'avoit pas comme vous financé :
Autant, peut-être plus, donne votre *Partie*,
Le drôle aux mêmes loix la tient aſſujettie,
Chacun de ſon côté ſe flate vainement,
D'avoir ſçu ſe gagner ce maudit garnement.

A la *Buvette*, à table avec lui l'on s'engage,
Tandis que dans le cœur on écume de rage,
Se voyant obligé de faire ainſi ſa cour
A celui que l'on ſçait être indigne du jour.

Les Cliens veulent-ils deux fins tout opposées,
Qu'ils donnent de l'argent, elles lui ſont aisées :
Il en prendra de l'un pour la Cauſe hâter ;
De l'autre il en prendra pour la faire arrêter :
Moyennant le Traité que fait ce demi Prince,
Souvent une *Partie* eſt tranquille en Province,
Tandis que l'autre étant tous les jours à Paris,
Il la conſume en frais autant qu'en ſes profits :
Elle n'épargne rien, croyant qu'en ſon abſence
Elle l'emportera par ſa ſeule préſence ;
Mais quelle eſt ſa douleur, quel eſt ſon déplaiſir

De la voir pour l'*Arrêt* tout à coup revenir !
Ce miſerable enfin merite qu'on le rompe,
A la fin du Procès quand en traître il vous trompe
Il ſçait qu'après demain vous ſerez *rapporté*,
A dix jours, vous dit-il, vous êtes rejetté.
Là-deſſus vous croyez avoir du temps de reſte
Pour prouver ce qu'à tort ce jour même on conteſte :
Point du tout, vous ſçavez votre Procès perdu,
Avant qu'en bonne forme on vous ait défendu.
Votre *Partie* a ſçu par là ſe ſatisfaire,
Faiſant à chaque Juge entendre ſon affaire,
Tandis que par un tour qui n'eſt que trop commun,
Ce ruſé vous empêche ainſi d'en voir aucun.
A mon eſprit ſoudain de ce fourbe un des crimes
S'en vient ſe préſenter, & m'enleve mes rimes :
La foudre on devroit voir de l'Olympe éclater,
D'ici dans les Enfers pour le précipiter :
Ma plume eſt peu mordante, & mon encre peu noire
De ce fait odieux pour tracer la memoire.
On a vû des Plaideurs prêts de perdre un procès,
En ſortir par la fraude avec gloire & ſuccès,
Le tout par le moyen d'un traître Secretaire,
Par lequel on opprime un fâcheux adverſaire :
On lui met dans la main mille écus bien comptez,
Puis des titres on parle au procès rapportez :
Le meilleur que l'on ſçache & le plus legitime,
C'eſt celui que l'on veut que notre homme ſupprime ;
L'*Extrait*, le *Rapporteur* n'en font pas mention,

La Chambre d'une voye ſuit l'*information*,
L'innocent ſeul en ſouffre, & l'on voit le coupable
Jouir en paix d'un crime horrible, abominable.
Après ce dernier trait, puis-je même inventer
Rien qu'on puiſſe en noirceur à ces faits ajoûter.
C'eſt alors qu'on a vû le grand la Faluere
Réparer de ſes biens le vol du Secretaire *,
Et donner un exemple à nos derniers neveux,
Digne d'être ſorti de nos premiers ayeux.
  Faut-il donc que l'on ſoit encor dans la ſurpriſe,
Si l'on s'en prend au Ciel, à l'Etat, à l'Egliſe,
Lorſque de tels fripons de l'une & l'autre main
Vous plongent le poignard juſques dedans le ſein?
Et doit-on s'étonner qu'une telle injuſtice
Soit pour tant de *Perdans* leur mort & leur ſupplice?
Et que du ſort cruel, pluſieurs enfin trop las,
Se procurent ſouvent eux-mêmes le trépas?
  Douterons-nous encor d'où notre Secretaire
Se donne un équipage & fait ſi bonne chere?
De quatre Conſeillers qu'il ſert tout à la fois,
Plus riche il eſt lui ſeul qu'enſemble ne ſont trois;
Et s'il paroît ſouvent qu'il fait moins de dépenſe,
Avare, ou politique, il garde ſa finance:

* Monſieur de la Faluere n'étant point encore premier Preſident au Parlement de Rennes, ayant ſçu que dans un procès dont il avoit été Rapporteur, ſon Secretaire avoit ſupprimé une Piece qui ſans contredit auroit fait gagner celui qui avoit perdu; appella la Partie condamnée, & l'obligea de prendre ſur ſes propres deniers une ſomme très conſiderable à laquelle ſe montoient tous les frais & le principal du Procès.

Quand on vole ici bas si fort impunément,
Bien-tôt on se procure un établissement!
Ou libre de tout soin on donne à ses pensées
Celui seul de jouir des sommes amassées!
J'en nommerois trois cens aujourd'hui bien placez
Qui pouvoient dans mes Vers se voir entrelacez:
Ma Muse a bien voulu leur épargner la honte,
D'être si près de ceux avec qui je les conte,
Ou peut-être trouvant leurs noms plus qu'odieux,
Elle en a trop d'horreur, & les ôte à nos yeux.

A MADEMOISELLE DE W****

STANCES ET VERS IRREGULIERS.

L'Auteur qui connoît cette Demoiſelle dès l'enfance, ſe juſtifie auprès d'elle de la liberté qu'il avoit priſe de lui appliquer une petite tache d'encre au viſage, dont elle s'étoit fort choquée.

POURQUOI, belle Phylis, vous armer de fierté?
Quand je prens avec vous la moindre liberté?
Pourquoi traiter d'impoliteſſe
Une innocente gentilleſſe?
N'eſt-il donc plus permis, ſelon vous, à l'Amant
De rire & folâtrer familiairement?
Vous vous trompez, ſi j'oſe vous le dire,
Il faut en amour ſçavoir rire,

Et quitter ce grand ſerieux
Qui ſeroit bon pour nos ayeux ;
Un doux & charmant badinage
Eſt ce qui convient à notre âge.

Je ſuis, il eſt bien vrai, du nombre des Mortels,
Et vous, vous meritez les honneurs des Autels.
Oüi ! vous êtes une Déeſſe,
Et vous avez des droits,
Qu'on ne pourroit jamais nommer tous à la fois :
Mais ſçachez que notre baſſeſſe
Merita ſouvent la tendreſſe
Des plus grandes Divinitez :
Si les Dieux en tout nous ſurpaſſent,
Certes en amour ils nous placent
Avec plaiſir à leurs côtez.

Qu'eſt-ce enfin qui vous effarouche,
Et d'où vous vient cette froideur
Qui pour moi glace votre cœur ?
Le dirai-je, c'eſt une Mouche
Que je vous mis non par legereté,

C'étoit pour rehausser votre grande beauté :
Elle étoit peinte & non collée
Comme vous l'auriez étallée :
Mais en deviez-vous moins l'aimer ?
Elle qui n'en avoit pas moins sçu nous charmer.

Il conviendroit bien mieux de vous mettre en colere
Contre cette mouche legere *
Que vous remettez si souvent,
Et qui retombe à chaque instant.
(D'une inconstance sans égale,
Ayant pû vous parer un jour,
Elle est le lendemain tout à votre rivale,
Et cherche à vous trahir s'il se peut en amour.
Estes-vous juste ? estes-vous équitable ?
Son manque de fidelité
L'emporte donc sur l'assiduité
De celle qui de vous se montre inséparable,
Et qui se laisseroit plûtôt aneantir,
Que de ne plus vous embellir ?

C'est à vous trop aimable Reine
De porter mon dernier Arrêt,

* Les mouches ordinaires.

Dicté par mon unique & ſeule ſouveraine,
J'en reſpecterai chaque trait.
Ce que j'ai dit pour ma défenſe
N'augmente point ma confiance;
De vous ſeule dépend mon ſort,
De vous ſeule j'attens ou la vie ou la mort.

Sujet

Sujet de la Piece ſuivante.

IL ſe trouve un grand Orme au Jardin du Luxembourg à Paris, à l'un des côtés de la grande Grille de fer du Jardin de Madame la Princeſſe : la pourriture a formé un trou au pied de cet Arbre. M. Samuel Bernard reçut ſur la fin du mois d'Août de l'année 1714, *une Lettre anonyme & ſans date, par laquelle un voleur lui marquoit qu'il eût à mettre lui-même une Bourſe de mille écus en or, le* 30 *du même mois d'Août, à ſept heures du matin, dans le trou qui ſe trouvoit au pied de l'Arbre dont on vient de parler ; & que s'il y manquoit, ou en parloit à perſonne, qu'il pouvoit compter que ſa vie étoit entre les mains de celui qui lui envoyoit ce Billet. Après avoir pris toutes les meſures convenables pour arrêter le malheureux qui avoit envoyé cette Lettre, M. Bernard porta lui-même au jour, à l'heu-*

re, & à l'endroit marqué, une Bourſe de jettons dans laquelle il mit beaucoup de plomb pour imiter la peſanteur que peuvent avoir mille écus en or ; & le Voleur étant venu à quelque temps de là, fut ſaiſi incontinent après qu'il ſe fut emparé de cette Bourſe, & emmené dans les Priſons. Il vient d'être condamné aux Galeres par Sentence du Châtelet du 12 *Mars* 1715. *L'Auteur le ſuppoſe condamné à être pendu, afin de rendre ſa Piece plus tragique & plus touchante.*

VOL INTENTÉ AU JARDIN DU LUXEMBOURG

COMME j'étois au Luxembourg
A me promener l'autre jour,
Je tins ce discours poetique
A l'Arbre qui d'un fait tragique
Rappelle à tous le souvenir,
Et dans l'instant je fis venir
Cent personnes, qu'à sa racine
Attira mon humeur chagrine.

Ormeau! qui d'un Jardin Royal
Faisois l'ornement principal,
Quentens-je, je lui dis, un homme
Avide d'une grosse somme,
Fondé sur ta mauvaise foi
Pour voler s'est servi de toi?

Deux mots de lui reçoit un Riche
Qui marquent dans ton pied la niche
Où l'on mettra tant de louis
A certain jour & temps précis,
Sinon qu'une mort très certaine,
Pour y manquer sera sa peine,
Qu'en vain on le prendroit en sot
Qu'onze resteroient du complot.

Pour éviter ce précipice,
Le Lieutenant de la Police
Sur cette affaire est consulté
(Sous lui l'on vit en liberté)
Sage & prudent lui-même ordonne
A cette très riche Personne,
De mettre dans l'endroit marqué,
Au lieu de l'argent indiqué,
Une Bourse de Jettons pleine;
Puis, il appelle une huitaine
D'hommes à lui très affidés,
Tous huit ici sont commandés,
D'ainsi composer leur visage,
Qu'y soit pris notre personage.

Ils vont loin en se promenant
Du lieu qu'a choisi le Manant;
Celui-ci tremblant examine
De ces honnêtes gens la mine:
Avide d'avoir un gros bien,
Il n'ose se douter de rien,

Il leve une pierre de marbre
Qui bouchoit ton trou, maudit Arbre,
Et content d'y voir un gros ſac,
Il fait encor quelque micmac,
Avant de ſaiſir cette proye,
Il redoute qu'on ne le voye;
Enfin il oſe ſe baiſſer,
Et ſe preſſe de ramaſſer ....
Dieux! nos honnêtes gens accourent,
En moins d'un clin d'œil ils l'entourent,
Le malheureux pris au collet,
Monte à préſent même au gibet: *
Sur lui ſeul on a fait main baſſe,
On croit le reſte une menace:
D'un homme, Ormeau! voila le ſort!
Ses crimes ſont punis de mort!
Mais toi! tu vis, grands Dieux! & je vois la Juſtice,
D'un auſſi grand voleur épargner le complice!
On devoit te punir par le Fer, par le Feu,
Pour avoir pû l'aider dans ſon criminel vœu,
Et vous deviez tous deux par la même Sentence,
Lui, ſervir de pendu; toi, ſervir de potence.
D'un couteau très pointu, de rage & de fureur,
J'allois dans cet inſtant le piquer juſqu'au cœur;
Quand je vis que cet Arbre entr'ouvrit avec force,
Pour ſe juſtifier, une profonde écorce.

* On eſt près d'executer le Voleur dans le temps que l'Auteur parle à cet Arbre.

De ce prodige alors les aſſiſtans ſurpris,
Plus que de tout ce que je leur avois appris:
Il parle, & les cheveux ſur la tête me dreſſent,
En entendant les mots que cinq bouches * m'adreſſent.
A tes yeux, ſuis-je donc, me dit-il, criminel;
Parceque j'ai voulu détourner un mortel
D'accomplir à ſa honte une action, un crime,
Dont lui-même a bien vû que rougiſſoit ma cime
Faut-il donc te conter ce que j'ai fait pour lui?
Combien il m'a coûté de pleurs juſqu'aujourd'hui?
C'eſt à lui, comme à toi, par de nouveaux miracles,
Que j'ai ſçu prononcer ces terribles oracles.
Il venoit pour me voir un jour de grand matin,
Voulant executer ſon indigne deſſein:
Arrête, je lui dis, arrête, homme coupable,
Ou bien en me briſant un bruit épouvantable
Fera venir quelqu'un qui ſçaura te tenir,
Et tu regretteras d'avoir voulu t'enfuir:
Ou plutôt, en tombant du côté de ta courſe,
Je ſçaurai bien t'ôter ta derniere reſſource.
Il demeure immobile, & prêt de me parler,
Ses levres, malgré lui, ne peuvent s'aſſembler.
Tu vois, lui dis-je alors, cette belle verdure
Qui, du haut juſqu'en bas, fait ma riche parure?

* L'écorce s'ouvrit en cinq endroits qui formoient cinq fentes ou cinq bouches les unes auprès des autres

Tu vois qu'on me préfere aux Arbres les plus beaux,
Et que mes rejettons ſont autant d'arbriſſeaux,
Qui des hautes Foreſts feroient toute la gloire,
Qui ſçauront faire vivre à jamais ma memoire ?
Dans moi, malgré mes ans, tu vois une fraîcheur
Que conſerve une vie exempte de douleur ?
Et mes têtes * enfin échapant à la vûe,
S'élevent dans les airs, & vont juſqu'à la nue ?
Je réſiſte au tonnere, aux orages, aux vents,
De la Terre je vais juſques aux fondements ?
Et je ne craindrois pas les plus fortes ravines,
Après avoir pouſſé de ſi grandes racines ?
Tu vois mon double * corps, mon prodigieux tronc ?
Mais pour avoir ces biens, ai-je donc eu le front
De prendre ſur la fleur, ou même ſur quelque herbe
De quoi me rendre encor de beaucoup plus ſuperbe ?
Inſtrui-toi des Ormeaux, des Chênes & des Pins,
Des Hêtres, des Pommiers, des Roſes, des Jaſmins,
Si j'abuſe jamais du rang, de la puiſſance
Que me donnent pourtant mes ans & ma naiſſance ?
S'il eſt quelqu'un d'entr'eux qui ſente mon pouvoir,
C'eſt lorſqu'à ſes beſoins mon bon cœur ſçait pourvoir ;
Je ſuis plus que content des goutes de roſée,
Dont mon pied, ma racine eſt aſſez arroſée ;
Et ſans aller chercher quelque riche aqueduc,
La Terre aſſez pour moi me fournit de ſon ſuç :

* A dix ou douze pieds de terre cet Ormeau ſe partage en cinq branches qui feroient chacune un gros Arbre.

Qu'eſt-ce qui te faut donc à toi pour vivre à l'aiſe,
Pour que tous tes deſirs, pour que ta ſoif s'appaiſe ?
N'as-tu pas le manger ? n'as-tu pas le vêtir ?
Et n'as-tu pas auſſi, ſi tu veux, le dormir ?
Pour peu qu'un homme ſoit & philoſophe & ſage,
Avec ces ſeuls vrais biens, que faut-il davantage ?
Si les pauvres avoient d'auſſi beaux ſentimens,
Ils ſeroient tous, dès-là, plus heureux que les grands.
De ce trou * ſi creuſé, vois-tu la pourriture ?
Ton or & ton argent ſont de même nature !
Malheureux ! ne va pas, à toi-même cruel,
Te rendre envers les Dieux pour un rien criminel :
Ne trouble point la paix dont jouit ton confrere,
Ne ſois point aſſaſſin, voleur, incendiaire,
Jupiter, par ma voix, te donne ces avis,
Laiſſe attendrir ton cœur, c'eſt peu d'être ſurpris :
Mille fois ! j'ai voulu fermer cette ouverture
Qui m'a toujours été de très mauvais augure ;
Le Ciel me le défend ; procure ton repos,
Et ſonge à profiter, cher ami, de ces mots.
Ce miſérable, alors, me jure & me proteſte
Que de ſi noirs deſſeins il abhorre, il déteſte ;
Peut-être parloit-il, helas ! de bonne foi,
Ma voix ſeule auroit pû lui cauſer quelque effroi :
Il ne demeura guere à chaſſer cette crainte
Qui tenoit ſes deſirs dans l'ordre & la contrainte.

* Celui dont ce méchant vouloit ſe ſervir pour executer ſon mauvais deſſein.

Il vint trois jours après dans ce même Jardin,
Ne cherchant qu'à remplir ſon funeſte deſtin :
Comme on s'en ſaiſiſſoit, je mis toutes mes forces
Pour pouvoir le cacher ſous mes larges écorces :
Mais ! celui-là devoit ſubir ſon triſte ſort,
Que n'avoit pû toucher le diſcours le plus fort !
On l'emmene ! & voyant que ſans miſericorde
On lui parle déja du gibet, de la corde,
Il détourne la tête, & me jette un regard
Qui fléchiroit le Ciel, s'il ne venoit trop tard !
Il regrette d'avoir, inſenſé, téméraire,
Dédaigné mes conſeils, & ma juſte priere ;
Et quoiqu'à mes avis il ſe montrât ſi ſourd :
Priſonnier il y penſe & la nuit & le jour !
 * A préſent juge-moi, juge-toi tout enſemble,
Crain toi-même les Dieux, crain ma colere, tremble,
Et que tous les Mortels par de nouveaux diſcours
De mon tranquille état n'alterent plus le cours :
Qu'on s'éloigne au plûtôt, avec moi ſe confronte
Un Peuple que je puis faire mourir de honte.
 Il acheve, & fermant cinq bouches à la fois,
Je ne vis plus l'endroit par où venoit ſa voix :
Il donne à ſes rameaux une rude ſecouſſe,
Dont s'ébranle ſon pied, dont la terre trémouſſe :
Sur ſes branches étoient deux cens oiſeaux perchés,
D'autant d'oiſeaux mourans les chemins ſont jonchés ;

* L'Arbre après s'être ainſi juſtifié, s'adreſſe en particulier à l'Auteur qui l'accuſoit.

Lui-même avant le temps privé de chevelure *
Semble souffrir les maux que le Coupable endure.
A la mort condamné dans ce même moment,
Le Voleur frémissoit d'entrevoir son tourment.
Enfin on vit venir & des pleurs & des larmes
Au bout de chaque branche, & c'étoit les allarmes
Où ce malheureux homme ayant rendu l'esprit,
Laissoit ce cher Ormeau de sa mort tout contrit.
Le Peuple se prosterne & le prie & l'adore,
On m'ôte le couteau que je tenois encore;
Et dans mon sein sur l'heure on l'eut ensanglanté,
Si je neusse, en fuyant, trouvé ma seureté.
Puisse un fait si frapant faire connoître aux hommes
Que les Arbres sont tous meilleurs que nous ne sommes
Que les Brutes enfin, & même les Poissons
Muets, pourroient encor nous donner des leçons.

* Ses feuilles tomberent de cette secousse.

FIN.

APPROBATION.

J'AI lû par ordre de Monſeigneur le Chancelier ces differentes Pieces de Poëſie, & j'ai crû qu'on en pouvoit permettre l'impreſſion. Fait à Paris ce vingt-troiſiéme d'Octobre mil ſept cens quatorze.

HOUDAR DE LA MOTTE.

PRIVILEGE DU ROY.

LOUIS PAR LA GRACE DE DIEU, ROY DE FRANCE ET DE NAVARRE : A nos amez & feaux Conſeillers les Gens tenans nos Cours de Parlement, Maîtres des Requêtes ordinaires de notre Hôtel, Grand Conſeil, Prevôt de Paris, Baillifs, Sénéchaux, leurs Lieutenans-Civils, & autres nos Juſticiers qu'il appartiendra, SALUT. Notre bien-amé le ſieur BOUDART Nous ayant fait ſupplier de lui accorder nos Lettres de permiſſion pour l'impreſſion d'un Livre intitulé, *Differentes petites Pieces de Poeſie ſur divers ſujets*; Nous avons permis & permettons par ces Preſentes audit ſieur Boudart, de faire imprimer ledit Livre en telle forme, marge, caractere, & autant de fois que bon lui ſemblera, & de le faire vendre & debiter par tout notre Royaume pendant le temps de quatre années conſecutives, à compter du jour de la date des Preſentes. Faiſons défenſes à tous Imprimeurs, Libraires & autres Perſonnes de quelque qualité & condition qu'elles ſoient, d'en introduire d'Impreſſion étrangere dans aucun lieu de notre obéïſſance ; à la charge que ces Preſentes ſeront enregiſtrées tout au long ſur le Regiſtre de la Communauté des Imprimeurs & Libraires de Paris, & ce dans trois mois de la date d'icelles, que l'Impreſſion dudit Livre ſera faite dans notre Royaume, & non ailleurs, en bon papier & en beaux caracteres, conformément aux Reglemens de la Librairie ; & qu'avant de l'expoſer en vente il en ſera mis deux Exemplaires dans notre Bibliotheque publique, un dans celle de notre Château du Louvre, & un dans celle de notre tres-cher & feal Chevalier Chancelier de France le sieur Voisin, Commandeur de nos Ordres, le tout à peine de nullité des Presentes. Du contenu desquelles vous mandons & enjoignons de faire jouir ledit sieur Exposant ou ses ayans cause, pleinement & paisiblement, sans souffrir qu'il leur soit fait aucun trouble ou empêchemens. Voulons qu'à la copie desdites Presentes, qui sera imprimée au commencement, ou à la fin dudit Livre, foy soit ajoûtée comme à l'Original. Commandons au premier notre Huissier ou Sergent, de faire pour l'execution d'icelles tous Actes requis & necessaires, sans demander autre permission, & nonobstant Clameur de Haro, Charte Normande, & Lettres à ce contraires: CAR TEL EST NOTRE PLAISIR. Donné à Versailles le trente-uniéme jour du mois d'Octobre l'an de Grace mil sept cens quatorze, & de notre Regne le soixante-douziéme.

Par le Roy en son Conseil, FOUQUET.

Registré sur le Registre N°. 3. de la Communauté des Libraires & Imprimeurs de Paris, page 882, numero 1102, conformément aux Reglemens, & notamment à l'Arrêt du 13 Août 1703. A Paris le 1 Decembre 1714.

Signé, ROBUSTEL, *Syndic.*

www.ingramcontent.com/pod-product-compliance
Ingram Content Group UK Ltd.
Pitfield, Milton Keynes, MK11 3LW, UK
UKHW020348180726
13839UKWH00002B/994